—— 嘟 噜 嘟 比 科 海 漫 游

探访热带雨林

Trip about Tropical Rainforest

深圳华强文化科技集团 编著
四 川 出 版 集 团
四 川 美 术 出 版 社 出版

嘟噜嘟比的来信

亲爱的小伙伴们：

大家好！你们的好朋友嘟噜嘟比来了！哦？有人说对我还不太熟悉？好吧，先自我介绍一下：我就是那个德才兼备智勇双全，上知天文下知地理无所不通无所不晓的恐龙小帅哥呀！哦？有人说我吹牛？别急，先往下看。

自打成为"方特欢乐世界"的形象大使之后，我每天都忙得四脚朝天了！既要表演节目，又要招待从各地来的大朋友小朋友们，到现在为止，我连"恐龙危机"都没玩过呢！唉，其实我很想见见这帮到处为非作歹的恶亲戚，下次见到他们，我一定要好好教训他们一顿！……哦，扯远了，还是说说我最近经历的好玩的事吧。尽管每天特别忙，但我还是忙里偷闲见缝插针地带着好搭档嘟妮四处游历，发现了好多神奇的东西：我们追随美丽的夜明珠畅游海底世界，乘坐特制的宇宙飞船在太阳系的行星中来回穿梭，和沙漠探险家一起去撒哈拉尽情撒欢，沿着玛雅人的足迹探访神秘的热带雨林，还有，我们跟着两个有魔法的精灵穿越了时空，去到古罗马时期亲眼目睹了维苏威火山的爆发！……经历了这么多次刺激的旅行，我不仅眼界大开，而且学到了各种知识，摇身一变成了一部"百科全书"！不信？那咱俩来比试比试？

但有意思的事情要与大家分享才对！怎样才能与大家分享呢？这下编辑叔叔阿姨们可帮了我的大忙，他们把我一次次的游历旅程绘成了一幅幅趣味盎然的漫画。除了配有优美的叙述文字外，他们还在漫画的两侧用简洁生动的语言和形象的图示深入浅出地做了讲解，使大家能了解到更为丰富全面的科学知识。真是太谢谢他们了！

哈，嘟妮又来叫我了，估计又发现了一个好玩的地方，我得赶紧去，下次再来跟大家讲！想我了，就到我网上的小屋给我留言吧（http://www.fangte.com），我会随时跟大家聊天的！

你们永远的好朋友：嘟鲁嘟比

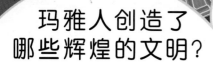

玛雅人创造了哪些辉煌的文明？

玛雅文明兴盛于公元三世纪，消亡于公元十世纪。在天文、数学、农业、文字，以及建筑等方面取得了伟大的成就，是美洲古代印第安文明的杰出代表。

最近，嘟比看了一本介绍玛雅文明的书，不由对古老神秘的玛雅着了迷。他买了一套玛雅的民族服装穿在身上，拉着嘟妮滔滔不绝地讲述玛雅的故事。

哦，最让我感兴趣的是你的衣服，太酷了！我也要去弄一套！

你知道吗，玛雅人曾经创造了辉煌的文明，但却突然消失了，真太神秘了！

嘟妮不甘落后地变成了一个野蛮可爱的"玛雅公主"，兴致勃勃地继续听着嘟比对玛雅的无限向往。而他们的谈话不巧都被一个人听了去。

玛雅人都生活在热带雨林中，那里有数不清的动物和植物，真想去看看啊！

可是离那么远，我们怎么去呢？

什么叫雨林？

生长在潮湿的热带地区中的森林就叫做雨林。这里降雨量很高，即使在旱季，也会时常遇上大雨。

热带雨林：
动植物的乐园

热带雨林仅占世界陆地面积的百分之七，但在那里生活的动植物物种却占了一半以上。

豹牙在前面带路，七转八拐，终于在一座张着巨嘴的凶恶的神像前停了下来。

从这个神像的口中进去就可以到达中美洲的雨林！

羽蛇神像

曾经的玛雅人居住在哪里？

玛雅人主要分布于墨西哥尤卡坦半岛及与其相连的中美洲的一些国家的热带雨林。

有趣的凤梨属植物的贮水功能

凤梨属植物的叶片在基部相互重叠，形成一个筒状叶丛，被称为"水塔"。它除了防旱外，还能为不同的小动物提供生存栖息之处。动物在这儿获取水分，而"水塔"又可将动物的粪便溶水成肥，将营养为己所用。

箭毒蛙将蝌蚪放在"水塔"内养育。

藤本植物

它们叫藤本植物，总是向着有阳光的方向生长。

好美啊！这些交错缠绕在树干间的东西是什么？

果如豹牙所说，待他们从神像口中钻进去后，立刻被笼罩在一顶漫无边际的绿色华帐中。数不胜数的各种植物竞相生长，在高大的树木间，藤本植物交错缠绕，仿佛一张张稠密的网；附生植物附着在树干和树枝上，犹如给它们披上了一层厚厚的绿衣，有的还开着艳丽的花朵。

什么叫附生植物？

依附于另外一种植物生长的植物，但能自营生活，并不吸取对方的养料和水分。热带雨林的附生植物主要有兰科、凤梨科植物，以及各种蕨类等。

哇，你们看，这株植物居然在树干上生根了！

附生植物

神圣美丽的绿咬鹃

凤尾绿咬鹃又名格查尔鸟（"格查尔"是印第安语，即"金绿色的羽毛"），有着极其华丽的外表。在玛雅文化中，是一种受到尊崇的圣鸟。它的尾羽极其珍贵，只有国王和高级祭司才能佩戴。

这时，"扑楞楞"的一声有鸟儿掠过，嘟妮抬头望去，啊，好美丽的鸟儿呀！它披着鲜艳亮丽的羽毛，更拖着传说中凤凰才有的长长尾羽！嘟妮不由自主地追去。

绿咬鹃

也等等我！

美丽的鸟儿你去哪儿，等等我！

美有什么了不起，有我扇翅快吗？

蜂鸟
翅膀每秒拍打50至80下

树蛙

树蛇会飞吗？

严格来说，树蛇不会飞，但有些树蛇可以滑翔。在滑翔过程中，它摇动自己的肋骨，身体扭成S形以保持平衡，从一根树枝上"飞"到另一根树枝上。

蝙蝠

真美啊！

千万别伤害它，否则你们会受到上天惩罚的。

大闪蝶

树蛇

绿咬鹃停在了树枝上。嘟妮和嘟比毫不犹豫地爬上了树。

有"第五只手"的蜘蛛猴

蜘蛛猴有一条长长的尾巴，这条尾巴动作灵活，且缠绕性极强。缠绕的尾巴无论在运动还是休息的时候都发挥了巨大的作用，甚至可以用它摄取食物。因此，尾巴被视为蜘蛛猴的第五只手。

绿咬鹃越飞越高，两个淘气鬼在不知不觉中爬到了树顶。展现在他们眼前的又是一派生气勃勃的景象。

蜘蛛猴

羡慕我们的灵巧吧，哈哈。

瞧啊，那么细的树枝居然也能缠住！

豹牙半天不见他们下来，放心不下，"蹭蹭蹭"爬上了树顶，却见嘟比正专心观察一只树懒缓慢挪动。

树懒

是啊，即便去救它遇险的孩子，它一分钟最多也只能移动2米。

它行动总这么慢吗？

树懒有多"懒"？

树懒是出了名的"懒汉"，它能够长时间倒挂在树上，连睡觉也是这个姿势。树懒一天要睡15个小时以上，移动的速度比乌龟还要慢。

身上长有植物的野生动物

树懒身上寄生了一种地衣植物，这种植物依靠它的体温和呼出的二氧化碳生长得特别繁茂。而树懒也依靠这件绿色的外衣得以躲过一些猎食者的眼睛。

一群色彩斑斓的金刚鹦鹉伴着尖利的鸣叫飞了过来，嘟比和嘟妮不禁又被吸引了。

绯红金刚鹦鹉

黄蓝金刚鹦鹉

巨嘴鸟

鸟类中的大力士
——金刚鹦鹉

金刚鹦鹉有张强有力的嘴。雨林中有许多极其坚硬的果实，人用锤子也很难砸开，而金刚鹦鹉却能轻巧地用嘴将果实的外皮啄开，吃到里面的种子。

巨嘴鸟的巨嘴
有何功能？

巨嘴能使这种相当笨重的鸟采到外层细枝（不能承受它们的重量）上的浆果和种籽。它们用嘴尖夹住食物，然后往上一甩，头扬起，食物落入喉中。另外巨嘴对其他鸟类也有威吓作用。

吼猴的吼声有多大？

吼猴的吼叫大到1.5公里以外都能清楚听到。吼猴的舌骨特别大，能够形成一种特殊用途的回音器。每当需要发出各种传呼信号时，它就以巨大的吼声响彻于雨林树冠之上。

黑吼猴

没办法，天生的！

你们就不会小点声音吗？

蜜熊

还是我们好，安安静静地吃点花蜜就满足了。

擅食花蜜的蜜熊

正如其名，蜜熊特别爱吃花蜜。它有着长长的舌头，能帮助它吃到藏在花瓣深处的花蜜。

蜜熊也有"第五只手"

在食肉动物中，只有两种动物的尾巴具有较强的缠绕性，蜜熊即其中的一种。

正看得开心呢，突然传来一阵震耳欲聋的咆哮声，把嘟比和嘟妮吓坏了。豹牙却镇定自若地告诉他俩，这是住在雨林顶的黑吼猴发出的，它们经常会这样吼。于是，三人爬上了雨林的最高处。

这时，一阵疾风旋过，就见一双巨大有力的翅膀扑面而来。

角雕

世界上最凶猛的鸟——角雕

角雕拥有宽长的双翼、犀利的眼睛，还有像钢钩一样适于在突袭时抓捕猎物、撕碎猎物的利爪和利嘴。它们以猴子、树懒、负鼠和蛇等动物为食，堪称最凶猛的鸟类。可以说，角雕在雨林中没有天敌。

哪些生物充当了死树的分解者？

一类是细菌和真菌，另一类是吃树皮、树叶的腐食性动物，比如白蚁、蜗牛等。死树中储存着养分，分解者能将养分分解，并释放出能量，使新的植物得以生长。

这里爬满了蚂蚁啊。

还长了很多蘑菇。

蜗牛

真菌

白蚁

豹牙将他们带到一棵已经倒下的树前，说这棵死树经过分解，会很快腐烂掉，而新的植物又会重新长出来。

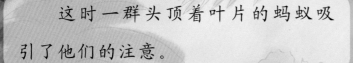

这时一群头顶着叶片的蚂蚁吸引了他们的注意。

不，其实它们只喜欢吃蘑菇。

这群蚂蚁特爱吃树叶？

切叶蚁不断运叶片是因为喜欢吃树叶吗？

切叶蚁每天高举着叶片搬回蚁穴，并不是要吃树叶，而是要利用叶片发酵来培育真菌。切叶蚁只爱吃真菌。

小个子"飞毛腿"

切叶蚁搬运叶子的速度快得惊人。它每分钟能走180米，这相当于一个人背着220公斤的东西，以每分钟12公里的速度飞奔。

切叶蚁

"轰隆隆——"，天空突然响起了雷声，随即下起了暴雨。嘟比和嘟妮慌乱地找地方躲雨，豹牙劝他们别慌，说这种雨下不久，雨林中很常见的。

别急，这叫飑，一会儿就停。

这么大的雨啥时候能停啊？

什么叫"飑"？

飑（biāo），指突然刮起的凶猛可怕的强风，也指刮狂风时下的雨。由于热带雨林日照强，水分蒸发量大，几乎每天都会出现飑。往往持续时间短，降雨量极大。

能在水上行走的蜥蜴——王蜥

王蜥，也叫基督蜥蜴。它的后脚趾上长有蹼，当它用脚猛烈拍打水面时，脚上的蹼加宽了表面积，从而减小了对水面的压强。由于水的表面张力和行动敏捷的缘故，王蜥得以在水面上行走。

是王蜥，它利用水的张力可以在水面上行走。

我也想练"水上漂"的功夫。

瞧啊，这只奇怪的东西是什么？

三人一路小跑到了一条河边，却见一只蜥蜴如同练了轻功，轻飘飘地从河面上跑到对岸去了。

玛雅人与响尾蛇

响尾蛇在玛雅人的心中占有极其重要的地位。他们所崇拜的羽蛇神就由绿咬鹃的羽毛和响尾蛇组合而成。在玛雅的很多壁画和雕像上也常见响尾蛇的图案。

雨果然很快就停了，三人过了河，来到了一片散布着岩石的低地。

"沙啦沙啦"，一串颇为清脆的声音突然传来，嘟妮正要发问，却被机警的豹牙制止了，一溜烟地带着他们躲到了一块大岩石后。

是有着巨毒的响尾蛇。

啊……原来是蛇！

一只小鸟循着声音停在了离响尾蛇不到一米的地面，等候猎物多时的响尾蛇"嗖"的一下窜出去牢牢咬住了可怜的小鸟。

捕食速度简直如闪电一般。

它的毒液会让小动物立即死去。

响尾蛇的神秘器官——热眼

即使在漆黑的夜里，响尾蛇也能准确捕捉猎物，因为它捕食并不靠眼睛，而是靠一双相当于热感应器的"热眼"。只要近处有温血动物，它便能迅速探知。

——热眼

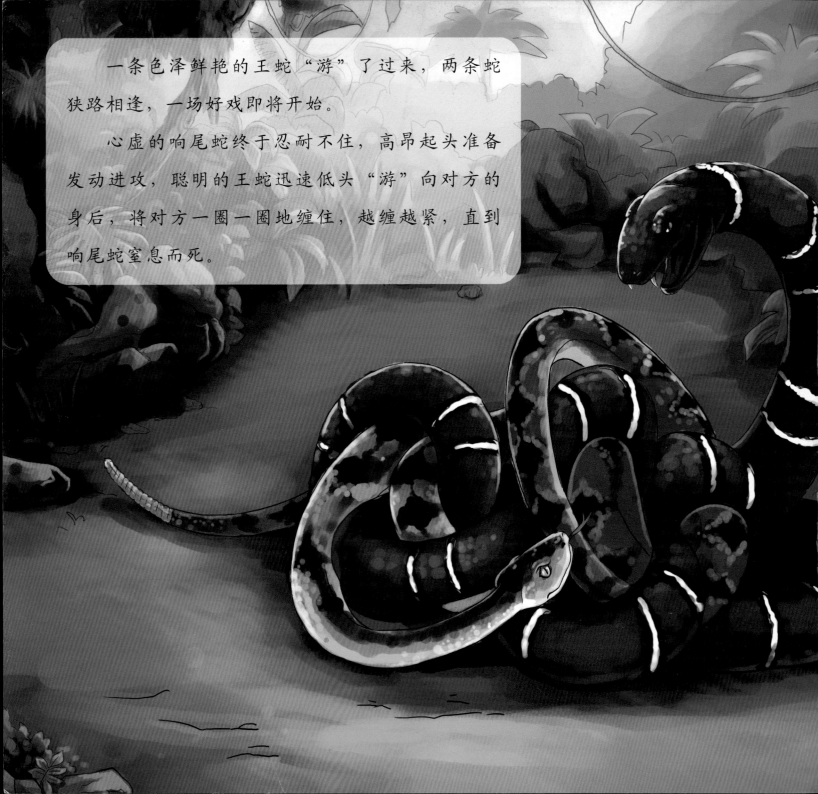

一条色泽鲜艳的王蛇"游"了过来，两条蛇狭路相逢，一场好戏即将开始。

心虚的响尾蛇终于忍耐不住，高昂起头准备发动进攻，聪明的王蛇迅速低头"游"向对方的身后，将对方一圈一圈地缠住，越缠越紧，直到响尾蛇窒息而死。

长鼻浣熊

能上树会游泳的美洲豹

美洲豹又叫美洲虎，是美洲最大的猫科动物。其本领高强，既会上树又会游泳，猴子、貘、龟、鱼等都是它的眼中餐，连水里的蟒蛇也不放过。

美洲豹

经历了这场惊心动魄的场面后，三人又走进了密密的丛林中。突然一只长满花纹的"大猫"一闪而过。嘟妮眼尖，叫了起来。

是美洲豹。别怕，它到了晚上才会行动。

那是豹子吗？

这一路真是惊险连连啊！

犰狳

如何区分美洲豹与豹？

两者的外表几乎相同，但美洲豹比豹的个头大，身上的大斑纹中还有小斑纹，而豹却没有。

美洲豹

豹

金字塔神庙

哇，简直太不可思议了。

不知在郁闭的密林中行走了多长时间，突然眼前豁然开朗，一座宏伟的金字塔神庙出现了！嘟比布嘟妮顿时被这鬼斧神工惊呆了。

玛雅文明是何时被发现的？

18世纪末，一个欧洲人意外地发现了玛雅的一处遗址，从此，被丛林掩藏了近1000年的玛雅王国渐露真容。

雨林提供给我们的宝贵资源

☐ 木材
☐ 食物（可可、咖啡、蔗糖等）
☐ 从动植物中提取的药物
☐ 潜在的新水果和蔬菜
☐ 制造轮胎、胶管的橡胶
☐ 香料

谁是向导候选人？

热带雨林真是太好玩了！可遗憾的是，这次嘟噜嘟比还没有去雨林的河中瞧瞧，错过了好多有趣的鱼。嗯，下次一定要找个既会爬树又会游泳的向导了！下图中有九种雨林动物，看看有哪几种动物可以成为嘟比的向导候选人呢？

美洲豹

犰狳

巨嘴鸟

绿咬鹃   角雕   吼猴

细腰猫   树蛇   麝雉

答案：树蛇、动眼镜、美洲豹

嘟噜嘟比 科海漫游

科学旅行家嘟噜嘟比来了!

请跟着爱旅行爱科学的嘟噜嘟比一起,
在神奇有趣的游历中探寻未知的世界!

嘟噜嘟比科海漫游:海螺湾奇遇

这天,嘟比和嘟妮在四处游历中发现了一只巨大的海螺。他们好奇地走了进去,一颗张着翅膀的夜明珠引起了他们的兴趣。他们兴奋地追逐着夜明珠,却不料被一股滔天巨浪卷入了美丽神奇的海底世界,快跟着嘟比和嘟妮,来一段好玩有趣的海洋之旅,揭开各种海洋生物的小秘密!

嘟噜嘟比科海漫游:太阳系之旅

嘟比和嘟妮这次参加了环游太阳系的旅行!大胡子尼摩船长带着他们游遍了各大星球——在月球玩跳高比赛、近距离接触了太阳、感受了金星的闷热、观察了美丽的土星,还遭遇了火星沙尘暴……这段旅程实在太刺激有趣,快来加入嘟比和嘟妮的行列吧!

嘟噜嘟比科海漫游:维苏威火山历险

听说过著名的维苏威火山吗?想亲眼目睹维苏威是如何摧毁庞贝古城的吗?这下机会来了,一个充满智慧的白胡子精灵发明了具有魔法的矿山车,可以穿越时空去到任意一座火山!还犹豫什么,赶紧跳上来,和嘟比、嘟妮一起去体验惊险刺激的维苏威火山大爆发!

嘟噜嘟比科海漫游:南极之行

当天气越来越热时,你有过去南极避暑的想法吗?嘟比和嘟妮就缠着飞行员卡卡实现了这个创意哦。他们在南极看到了可爱的企鹅、美丽的南极光,听到了南极冰的"歌声",还得到了南极独有的礼物呢。还等什么?一起去瞧瞧吧!

嘟噜嘟比科海漫游:沙漠游记

一说起"沙漠",总让人有一种荒凉的感觉。可是当你跟着嘟比和嘟妮一起走进沙漠时,就会发现完全不是那么一回事。独特沙漠里有奇异的岩石、有趣的动物,还有诱人的海市蜃楼和美丽的绿洲,就连沙子都是那么五彩缤纷的呢!

嘟噜嘟比科海漫游:飞向太空

电动秋千、冲击塔、人体离心机、失重飞机……嘟比和嘟妮这次要接受为期4个月的艰苦训练,成长为一名出色的宇航员!世上无难事,他们终于通过了重重考验,乘坐宇宙飞船飞上了太空!究竟他们在太空中会遇到什么难题和有趣的事情?想知道就快来瞧瞧吧!

嘟噜嘟比科海漫游:探访热带雨林

一个叫豹牙的印第安人带着嘟比和嘟妮来到了玛雅人曾经生活过的地方——中美洲雨林,见到了许多独特的生物:有着漂亮尾羽的绿咬鹃、嗓门巨大的吼猴、不停搬运无比的切叶蚁、凶猛无比的美洲豹……最开心的是,嘟比和嘟妮最后看到了壮观的玛雅遗址,这次游历真是太完美了!

嘟噜嘟比科海漫游:走进恐龙时代

你肯定想不到吧!嘟比和嘟妮这次居然乘着时空穿梭机回到了恐龙时代!从侏罗纪前往三叠纪,再返回白垩纪,各种各样的恐龙让人应接不暇。它们有着什么样的特性和本领呢?为什么最终走向灭绝呢?追随着嘟比和嘟妮的脚步,一起去寻找答案吧!

图书在版编目（CIP）数据

探访热带雨林/深圳华强文化科技集团编著．－成都：
四川美术出版社，2010.2
　　（嘟噜嘟比科海漫游）
　　ISBN 978-7-5410-4175-4

　　Ⅰ.探… Ⅱ.深… Ⅲ.动画：连环画－作品－中国－现
代 Ⅳ.J228.7

中国版本图书馆CIP数据核字（2010）第024587号

嘟噜嘟比科海漫游
DULUDUBI KEHAI MANYOU

探访热带雨林
TANFANG REDAIYULIN

深圳华强文化科技集团　编著

著作权所有：深圳华强文化科技集团
出 品 人：李　明
项目总策划：戎志刚　高敬义　刘道强　丁　亮
策　　划：李　桢　陶建敏
美 术 编 辑：叶英雷

责任编辑：张大川　李　成
封面设计：陈华勇　白志坚
责任校对：陈学泳
责任印制：曾晓峰
出版发行：四川出版集团　四川美术出版社
邮　　编：610031
印　　刷：成都思潍彩色印务有限责任公司
成品尺寸：210mm×230mm
印　　张：2
字　　数：20千
版　　次：2010年2月第1版
印　　次：2010年2月第1版第1次印刷
书　　号：ISBN 978-7-5410-4175-4
定　　价：10.00元